動物很有事

Bestiaire des grands et des petits

Julie Colombet 茱莉·戈隆貝 著

陳怡潔 譯　張東君 審定

環尾狐猴和巨烏賊的眼睛一樣大。

巨烏賊是世界上體型最大的無脊椎動物。不過，我們很難斷定牠們實際的大小……牠們有八隻腕足和兩隻比較長的觸手，上面布滿倒鉤，棲息在300公尺以下的深海。牠們眼睛的直徑介於25到50公分之間！

環尾狐猴是一種只在馬達加斯加島生長的狐猴。牠們會發出有點像貓一樣的叫聲及呼嚕聲，學名 *Lemur catta* 中的 catta 便是由此而來。牠們的體長有43公分。約二十隻左右的狐猴會聚成一群，在一隻母猴的帶領下，成群的變化隊形移動。牠們動作靈敏，很喜歡發出叫聲，白天在地面上行動，夜晚則爬上樹睡覺。主要吃水果和樹葉，也吃花朵、樹皮及昆蟲。牠們的天敵是貓科及爬行動物。

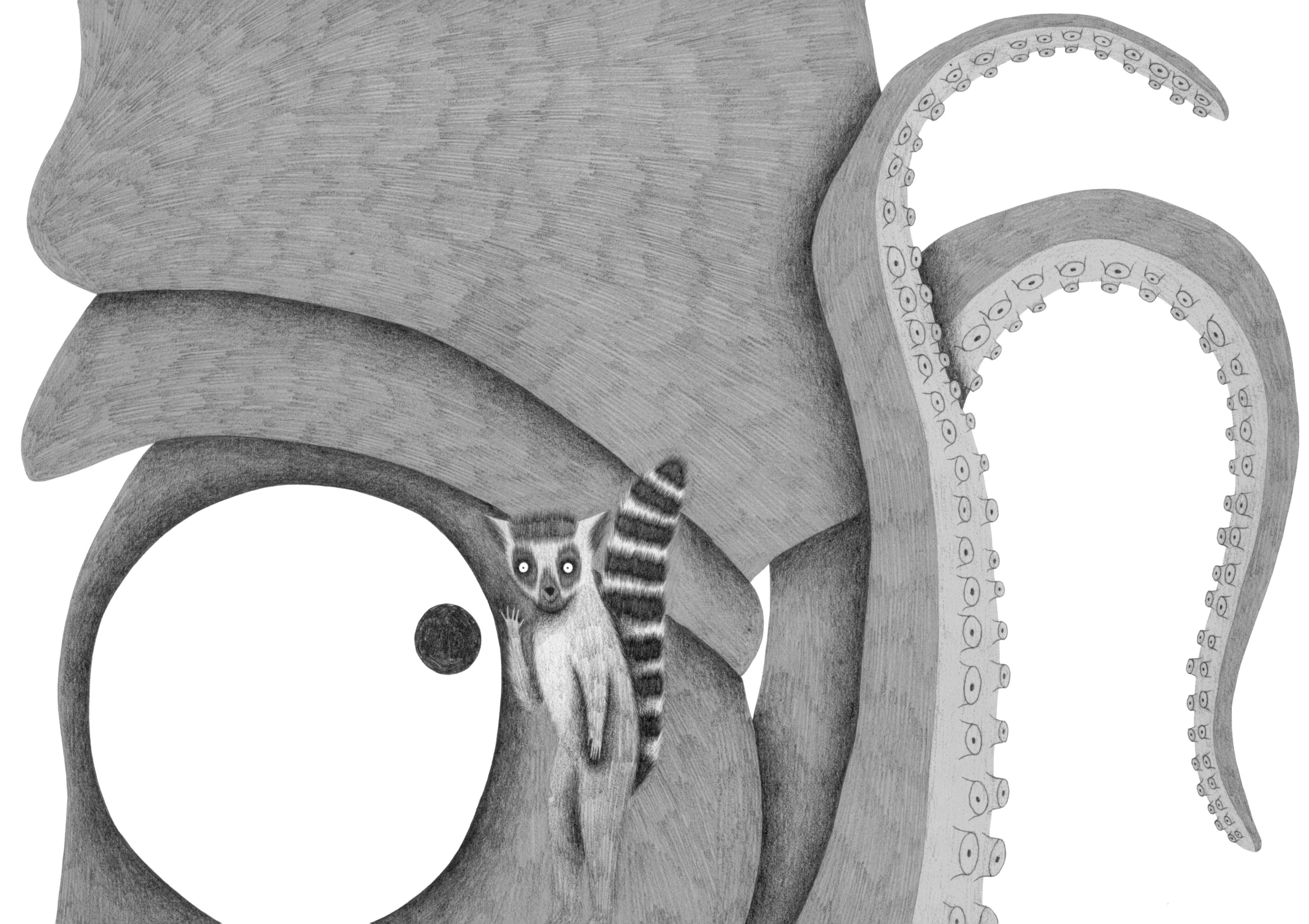

歐洲**綠啄木鳥**每天得吃下兩千隻左右的螞蟻，
而**大食蟻獸**每天吞下的螞蟻，
是歐洲綠啄木鳥食量的十五倍。

綠啄木鳥分布在歐洲，棲息在林木線1,500公尺的高山之間的樹叢及果園裡。牠們用喙在樹上挖洞築巢，挖好的樹洞可達30到40公分深。綠啄木鳥的頭蓋骨很堅硬：牠們可以連續好幾個小時不停的在樹上啄洞，腦子卻絲毫不會因這些重覆性的動作受到損傷。我們可以從鑲黑邊的紅色「鬍子」辨認出雄鳥。牠們通常在樹上築巢，會頻繁的飛到地面上找尋螞蟻窩。

大食蟻獸是食蟲哺乳類動物，住在中南美洲的森林及大草原裡。牠們沒有牙齒，會利用大約60公分長、具有黏性的舌頭誘捕食物。大食蟻獸習慣獨居，是能在夜間生活的日行性動物，每天晚上會出門探查好幾百個螞蟻窩。母食蟻獸每胎只生一隻，出生後的頭一年，食蟻獸寶寶會緊攀在媽媽的背部一起生活。

大紅鶴跟鴕鳥的脖子一樣高。

鴕鳥是最大型的鳥類，光是脖子就有1.3公尺長！鴕鳥不會飛，但跑起來比賽馬還要快，時速可達80公里。牠們是雜食性動物，但主食是蔬果類，不太需要喝水。牠們在非洲的莽原及半沙漠地區移動，是鬣狗及獅子的獵物。

公鴕鳥負責孵蛋，鴕鳥蛋非常大，得花兩個小時才能在水中煮熟。

大紅鶴是一種生活在歐洲、非洲、中亞及近東的大型涉禽（長腳的涉水鳥類），平均體長約1.3公尺。食物是牠們變成紅色的原因：牠們食用的藻類和甲殼類動物含有豐富的胡蘿蔔素，這種營養素是橘色的。

大紅鶴集體生活在潟湖或鹹水湖。有不少動物會捕食大紅鶴：猛禽特別喜歡吞吃牠們的蛋及雛鳥，而狐狸、豺狼及野豬也想吃掉牠們。

美洲豪豬身上的尖刺是刺蝟的五倍。

從南美洲直到阿拉斯加，都是美洲豪豬的棲息地。牠們的步伐很緩慢，在樹上過得很舒適自在，而且牠們會游泳。這種大型齧齒類動物有好幾種自我防衛的方法：一開始牠們會先把牙齒磨得咯咯作響，再散發出嗆鼻的味道，如果這樣還是不能嚇阻敵人，牠們還可以豎起全身的硬刺。美洲豪豬是草食性動物，獨來獨往，在夜間出沒。可憐的是，牠們和刺蝟一樣，常常在馬路上被車輛壓死。

刺蝟是住在花園、小灌木叢及樹籬的哺乳類動物，直到2,000公尺的高山都能看到牠們的蹤跡，主要分布在歐洲。牠們是獨居動物，社交技巧很差，脾氣也很暴躁！遇到危險時會僵住不動，把身體縮成一球，同時豎起身上的硬刺。刺蝟的主食是昆蟲，偶爾也吃水果，冬天來臨時會冬眠，並從身體儲存的脂肪獲取熱量。牠們的體長為25公分，在夜間行動，常成為車下亡魂。牠們保護自己的招數，遇上車子完全派不上用場。

南極海獅的鬍鬚和奇異鳥、原雞或灰林鴞ㄒㄧㄠ的身體一樣長。

南極海獅在南極的海裡悠游，以磷蝦或槍烏賊當做食物。當牠們潛進能見度低的海裡時，長長的鬍鬚（長度介於35到50公分），能取代眼睛及指頭的功能。海獅很喜歡迎風的海灘，會以家庭為單位，各自在礁岩上聚集。超過三十隻母海獅跟一隻公海獅一起生活，母海獅的壽命幾乎是公海獅的兩倍。

奇異鳥是一種生長在紐西蘭的鳥類；牠們喜歡樹木扶疏、長滿荊棘、草地豐美的環境，吃蚯蚓、種子及水果維生。奇異鳥是不會飛的夜行性動物，體長大概有30到60公分。因為體型嬌小，很容易被其他動物捕食，像是老鼠、白鼬ㄧㄡˋ、雪貂、貓、豬、狗和負鼠等等。

原雞是一種原生於東南亞的野雞。牠們是所有家禽的原種。牠們棲息在森林、荊棘叢和田野間，直到1,500公尺高度以下的喜馬拉雅山山麓。牠們生長在印度、中南半島及中國南方。原雞的體長在41到78公分之間，牠們以種子及昆蟲為食物，冬天，會和同類聚在一起，到了春天，則和一隻（或一隻以上）母雞離開，到別的地方繁衍後代。

灰林鴞ㄒㄧㄠ是一種夜間行動的猛禽，在歐亞大陸很常見，尤其是歐洲。牠們體長約37到43公分。這種貓頭鷹不會遷徙，地域性很強。牠們在夜間狩獵：牠們會無聲無息的迅速撲向獵物，通常是齧齒類動物，然後把牠們整個吞進肚子裡。兩個小時後，再把一球球食繭吐出來，那些是牠們沒辦法消化的部分組成的圓球：毛、骨頭、殼或是刺。幼鳥是紅狐最喜歡的食物。

長鼻猴的鼻子可以長到鼯ㄨˊ鼠身體的長度。

鼯ㄨˊ鼠也叫做飛鼠，生長在芬蘭、俄羅斯，一直到日本及韓國的森林裡（臺灣也有）。這種齧齒類動物在前腳和後腳中間有一大片毛茸茸的皮膚，能讓牠們滑翔達10到50公尺；毛髮濃密的尾巴，則具備方向舵的功能。鼯鼠的體長在13到20公分之間。牠們吃花朵、水果、嫩芽和蛋維生。

長鼻猴是亞洲體型最大的猿猴之一。牠們生長在婆羅洲沿海地區。我們可以從公長鼻猴吃東西時，觀測牠垂掛空中、晃動的17公分長鼻子，判斷出牠的性別。母長鼻猴的鼻子短很多，也比較翹。牠們是素食動物，吃樹葉、水果及種子。這種哺乳類動物群居性很強，白天總是有十到二十隻群聚在一起。

牠們是游泳健將，手和腳的一部分長蹼。長鼻猴最具特色的是充滿握力的尾巴，可以用尾巴抓牢樹枝。

八隻**棕熊**排排站，
才能達到**巨烏賊**的體長。

棕熊是一種住在山區及平地森林裡的獨居哺乳類動物。

灰熊、柯迪亞克棕熊及墨西哥棕熊都是美洲棕熊的亞種，分布在俄羅斯、斯堪地那維亞半島及加拿大。棕熊是雜食性動物，能在夏季囤積約200公斤的脂肪，好撐過冬天。牠們不會真的冬眠，但冬天很少活動。一年中除了冬天以外的時間，為了覓食，牠們每天移動達40公里，奔跑的速度可達每小時50公里。成熊高3公尺。母熊一生中可生育六到八隻熊寶寶，熊寶寶出生時的體重是500公克。

蜂鳥、花栗鼠和眼鏡猴的體型全都一樣大。

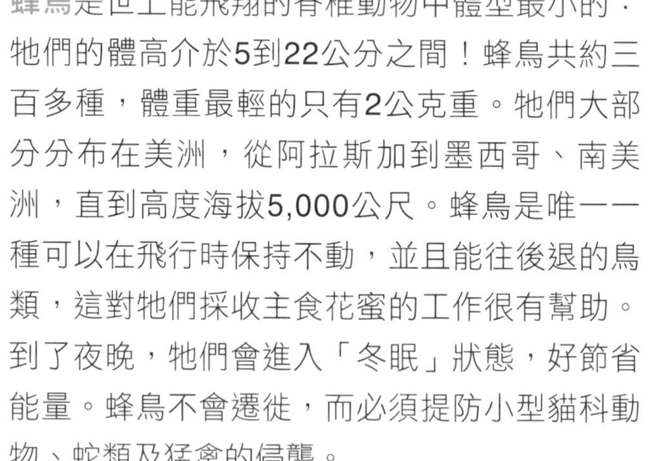

蜂鳥是世上能飛翔的脊椎動物中體型最小的：牠們的體高介於5到22公分之間！蜂鳥共約三百多種，體重最輕的只有2公克重。牠們大部分分布在美洲，從阿拉斯加到墨西哥、南美洲，直到高度海拔5,000公尺。蜂鳥是唯一一種可以在飛行時保持不動，並且能往後退的鳥類，這對牠們採收主食花蜜的工作很有幫助。到了夜晚，牠們會進入「冬眠」狀態，好節省能量。蜂鳥不會遷徙，而必須提防小型貓科動物、蛇類及猛禽的侵襲。

花栗鼠分布在亞洲北部，從俄羅斯中部直到中國，以及韓國。牠們在荊棘叢生的環境、樹林和森林裡生活。這種體型嬌小的松鼠單獨行動，充滿好奇心，動作敏捷，只在白天出沒。牠們的體長約12到17公分。主要的食物是果實；不過，牠們得留意冬天糧食的儲備，因為從十月開始牠們會進入冬眠，一直到隔年四月。所以，牠們會把食物塞在臉頰旁邊，讓臉頰變得胖嘟嘟的，然後這樣運送食物到窩裡的儲藏室去。

眼鏡猴是一種生長在東南亞樹上，體型很迷你的靈長類動物，體長大約在9到20公分之間。牠們是少數只在夜間活動的靈長類動物之一；黃昏時開始清理身體，然後出門打獵。牠們吃昆蟲、蜥蜴，還有水果。牠們的眼睛比腦袋還大，頭部可以轉動180度。眼鏡猴在樹枝間活動，跳躍的高度達3公尺，但牠們不會走路；在地面上時，眼鏡猴會小步的蹦跳。

眼鏡猴能發出超音波，當掠食者像是鳥類、蛇類或蜥蜴出現時，可以不打草驚蛇的警告同類，但掠食者卻聽不到這些音頻。

狨猴的體型跟**鴕鳥蛋**一樣大。

十二隻狨猴的體重，才如同鴕鳥蛋的重量。

狨猴生長在南美洲雨林裡，與配偶成對，或是和全家人一起生活。牠們體型非常嬌小（體長只有15公分！）又很輕巧（體重只有120公克！），能攀住且不會壓垮枝椏。牠們吃花蜜、水果和昆蟲，但是更喜歡刮掉樹皮，汲取樹脂。這種嬌小的靈長類動物可以跳躍高達4公尺，碰到危險，比如和猛禽類狹路相逢時，更能全速竄逃。另一項保命的祕訣是，狨猴會以樹懶般緩慢的速度行進，讓別人無法察覺牠們的存在。

兩隻大**食蟻獸**疊在一起，
才能達到**羊駝**的肩高高度。

羊駝是一種生長在南美洲山區的動物。牠們一點也不喜歡炎熱，大多居住在高原上。牠們的腳掌是在陡峭又布滿石礫的斜坡行進時的最佳利器。羊駝的肩高達1.2公尺。牠們會成群結隊生活在一起，性情溫和柔順。不過，在牠們鞏固地盤時，會變得脾氣固執，吐對方口水，甚至出現攻擊行為。牠們是草食性動物，也是郊狼或美洲獅的獵物。

* 人們會採用肩高替某些四腳動物測量身高：
肩高是指肩膀上方的部位到地面的距離。

海獺ㄊㄚˋ身上的皮毛比絨鼠還要濃密八倍。

絨鼠是一種生活在祕魯安地斯山脈地區的小型齧齒動物。牠們很喜歡待在家裡，只有在黎明或黃昏時，才會外出覓食。牠們會囤積大量的草料，放到陽光下曬乾，然後儲存起來，做為過冬的糧食。絨鼠的毛皮很柔軟也很濃密，牠們會花很多時間整理（比如在沙地上打滾，好去除毛皮上多餘的油脂）。

牠們的天敵是小型肉食動物和爬行動物。十九世紀時，牠們身上的濃密毛皮，讓牠們差一點就因為人類捕獵而絕種。

海獺ㄊㄚˋ生長在太平洋北部的沿海地區。不像其他身上有一層厚實脂肪可以耐寒的哺乳類動物，牠們依靠濃厚的皮毛禦寒。此外，牠們每天會花上大半天的時間整理身上的皮毛，然後才開始覓食。牠們喜歡吃烏賊、小螃蟹和海膽。

為了享用海膽，牠們的牙齒也可以很有破壞力。牠們喜歡漂浮在水面，在肚子上放塊石頭當餐桌，然後在上面把貝殼敲碎。

棕熊跟四隻疊羅漢的歐洲摩弗侖羊一樣高。

歐洲摩弗侖羊是歐亞大陸野羊中，體型最小的一種：牠們的肩高只有75公分。

飼養歐洲摩弗侖羊並不會太困難；牠們吃各種蔬菜，而且很喜歡吃鹽。牠們是一種以母系為核心聚集成群的群居動物，意思就是由母羊帶頭，與小羊和前一年出生的幼羊一起行動。

抹香鯨的頭和三隻**大象**加起來一樣重。

抹香鯨是有牙齒的海洋哺乳類動物之中，體型最大的。牠在出生時，體重就有1公噸了，一星期內還會增加一倍。成年時，頭部的重量可達6到16公噸。牠們以大大小小的槍烏賊（特別是巨烏賊）為食物，章魚和海豹也是營養的來源。牠們每天會吞下2.5噸重的食物。

抹香鯨可以在水中悠游兩個小時，期間不需要換氣，而且能下潛到海平面2公里以下的深度。因為牠們體型太龐大了，所以沒有天敵，但有時幼鯨會被虎鯨吃掉。

非洲象是陸地上最大型的哺乳類動物。牠們以樹葉、水果、樹皮及樹根為食物，每天的食量超過100公斤。牠們每天只睡四到五個小時，而且是站著睡，因為牠們實在太重了，如果躺下的話，很可能會把心臟和肺臟壓壞！牠們的體重介於2.5到6噸重。

大象是群居動物，牠們和家人成群住在莽原或森林裡靠近水源的地方。白天氣溫最高的時候，牠們會泡在水裡好幾個小時，讓自己涼快一下。長長的鼻子讓牠們能控制小型物體、拔扯樹枝以及幫助進食。大象的壽命可達60歲。

樹懶的動作比**加拉巴哥象龜**還要慢兩倍。

三趾**樹懶**棲息在中美洲及南美洲的熱帶森林裡。這種哺乳類動物大部分的時間都用腳掌攀住東西倒掛著，以至於身上的毛都呈反方向豎立。牠們乾澀粗糙的毛帶點綠色，用顯微鏡才能看到有大量藻類就長在毛裡，還有蝴蝶及其他小型昆蟲也在裡面落腳。這是一項絕佳的防衛武器，因為樹懶的毛會散發出植物的味道，讓牠們在森林裡，不容易被其他動物發現。

樹懶每小時移動的距離是0.2公里，每天睡18個小時，只有大小便時才會移動到地面，牠們的消化速度也很慢，每10天才排泄一次。牠們是肉食性猛禽、蟒蛇及美洲豹的獵物。

加拉巴哥象龜是一種只分布在加拉巴哥群島的獨居性陸龜。牠們每小時移動0.4公里。牠們在白天活動，大多可以活到150歲以上。牠們沒有牙齒，以銳利的喙部切斷水果及蔬菜進食。象龜可以長時間不喝水，但如果有機會喝水的話，也能喝下大量的水。牠們也很喜歡在泥巴坑裡睡覺，可以持續16個小時待在泥巴裡面。

吸血蝙蝠和吸血地雀以血維生。

吸血蝙蝠是一種由二十到一百隻集結成群的小型哺乳類動物，棲息在拉丁美洲布滿荊棘及林木的地區，那裡的溫度不會低於10℃。牠們生活在陰暗的地方，像是洞穴及岩洞，夜間才出來狩獵。牠們的鼻子周圍有溫度探測器，因此能毫無困難的在黑暗中辨識出獵物的位置。這種主要以牲畜的血液為食物的蝙蝠，如果在60個小時內沒有進食的話，就會餓死。如果吸血蝙蝠沒有找到食物，就會向同伴要血喝，對方會吐出一點血來給牠當食物。

尖嘴地雀也稱為**吸血地雀**，是雀形目鳥類的一種。牠們生長在加拉巴哥群島，分布在布滿荊棘、乾燥無水的地方。牠們吸取大型海鳥的血維生，用尖喙往海鳥羽毛根部的地方啄，然後再舔食從傷口流下的血液。牠們的喙部顏色會隨著再生週期而變化，從黑色轉為棕橘色，然後再變成黃橘色。

刺蝟、白鼬ㄧㄡˋ及皇狨猴跟蘇格蘭獵犬的肩高一樣高。

皇狨猴生長在南美洲的雨林中靠近水流的地方。這種日行性哺乳類動物很活潑好動，可以從一大把的白鬍鬚認出牠們來。牠的體長為25公分，三到十隻成群結隊，以家庭為單位住在一起。牠們以花蜜、植物的汁液、水果以及昆蟲為食物，敵人是小型貓科動物、猛禽及蛇類。

蘇格蘭獵犬是一種對主人非常忠心的狗。源自蘇格蘭，壽命可達10多年。生性勇敢，不太有攻擊性，但很有個性，對陌生人保持距離。牠的肩高是25公分。

白鼬ㄧㄡˋ在山區尤其常見，分布的範圍在歐洲、亞洲及北美洲。這種小型哺乳類動物很敏捷，能爬樹、奔跑和游泳。白鼬在夜晚出門打獵，找尋小型齧齒類動物、鳥類及蛙類。牠們被激起好奇心時，常會用後肢站立，高度可達20至33公分。牠們還有一個特色是會隨著四季改變毛皮的顏色，夏季是棕色，冬季則是白色。不過，白鼬尾巴的末端會一直保持黑色。

旅鼠一年內可以
繁衍出好幾百隻後代。

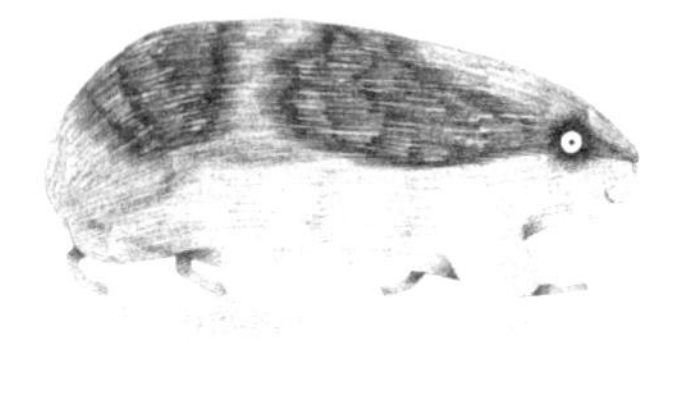

旅鼠是小型凍原齧齒類動物，可以在挪威、瑞典、芬蘭和俄羅斯找到牠們的蹤影。旅鼠是夜行性動物，以植物、嫩芽、漿果及昆蟲為食物。牠們會在雪地挖地道，躲避寒冷。旅鼠很多產，只要幾年就能繁衍出一大群後代。

在這種情況下，旅鼠會陷入集體式恐慌，害怕沒辦法找到足夠的食物。這時就會看到牠們個別開始大型活動：由一百到一千隻組成好幾個隊伍，成群遷徙。牠們會驚慌失措的前進，不關心到底要搬去哪裡，這個瘋狂的過程到最後，通常會有大量的旅鼠摔死或溺斃。

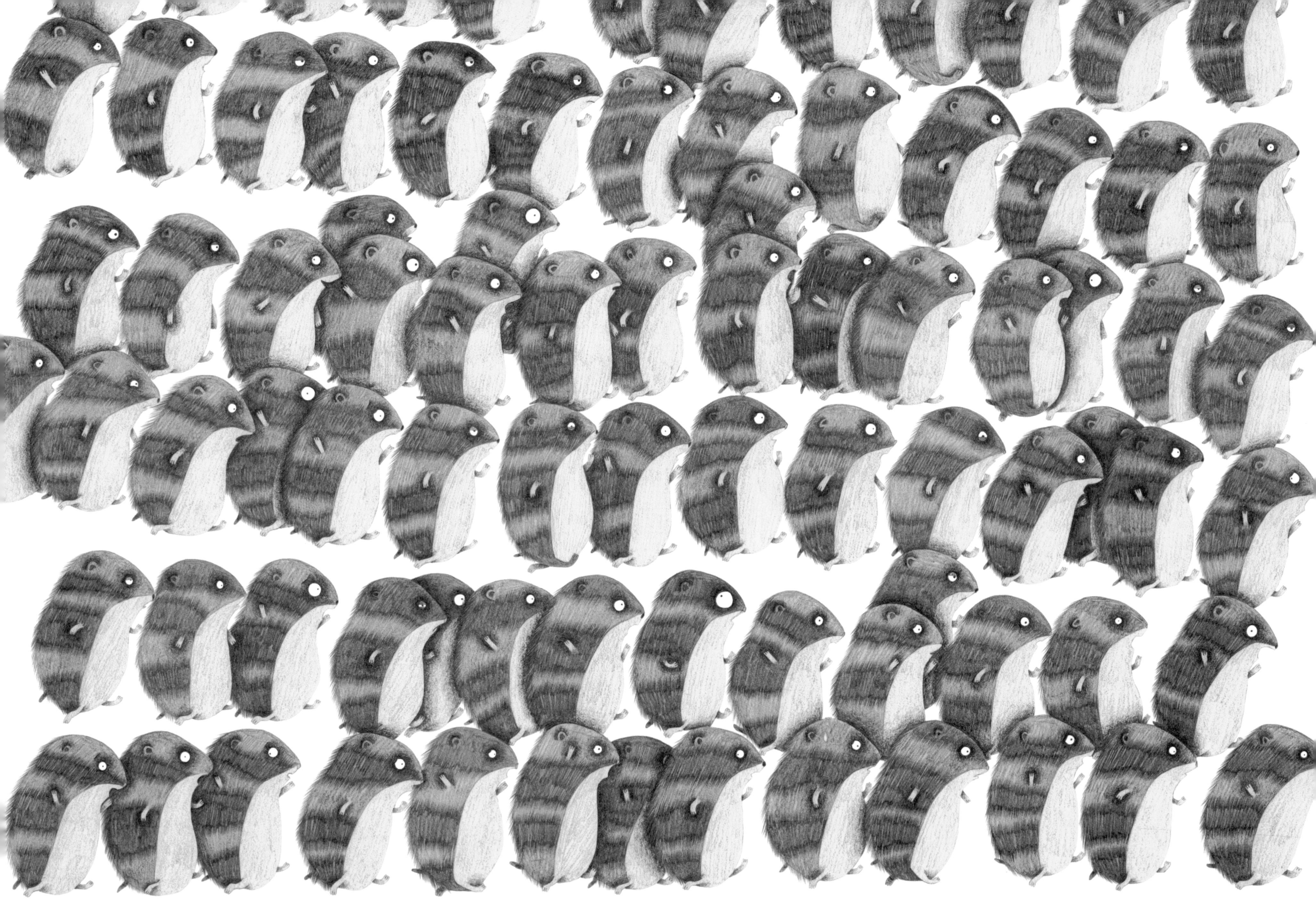

疣豬和狐獴，就像牛背椋ㄌㄧㄤˊ鳥和水牛，鴴ㄏㄥˊ和尼羅鱷一樣，是相依為命的哥倆好。

疣豬是生長在非洲撒哈拉沙漠南部的哺乳類動物。這種野豬不太挑食，吃水果、草、樹根及樹皮。牠們會集結成小型隊伍，在莽原及乾燥的山區行動。牠們住在天然的洞穴或土豚（一種吃螞蟻和白蟻的動物）的巢穴中。

狐獴是群居動物，大約三十隻聚在一起生活，每個成員都會照顧團體中最幼小及最年邁的成員。狐獴在白天活動，找尋食物，比如：小型的有脊椎動物、蛇類或昆蟲，以及住在疣豬乾燥粗糙的鬃毛中的寄生蟲！夜晚牠們會回到自己的巢穴，通常是荒廢棄置的白蟻穴。牠們分布在非洲中部及東部。

黃嘴牛背椋ㄌㄧㄤˊ**鳥**是住在東非的一種雀形目鳥類。這種鳥一生中大部分的時間都在水牛背上度過，吃水牛身上的寄生蟲：蜱ㄆㄧˊ和蒼蠅。

水牛是一種分布在非洲莽原、平原及濕潤草地的反芻哺乳類動物。水牛很容易煩躁，而且體型龐大，頭上的角可達1.5公尺長，因此牠的天敵很少；牠甚至能夠殺死獅子。然而，水牛是群居動物，每群的數量從幾十隻到上百隻不等。牠們每天花8小時吃禾本科植物、草和樹葉。

埃及鴴ㄏㄥˊ生長在非洲撒哈拉南部濕潤地區的河岸邊，及離水流近的地方。以前牠們在尼羅河沿岸很常見，這也是牠們名字的由來，但好幾年前牠們就從這個地方絕跡了。牠們的食物種類繁多，吃昆蟲、貝殼類動物、蜥蜴，也喜歡鑽進鱷魚的嘴巴裡，享用卡在牠們齒縫中的食物碎渣。牠們和這些大型爬行動物之間親密的關係，能保護牠們的蛋、雛鳥和自身的安全。

尼羅鱷生活在非洲撒哈拉南部熱帶地區的江河及沼澤中。這種大型爬行動物在夜間及白天最熱的時候，會待在水裡。牠們吃水生無脊椎動物、魚、鳥，最特別的是，牠們還會吃羚羊。牠們會在水裡靜止不動，只露出眼睛、鼻孔和耳朵，然後以迅雷不及掩耳的速度捉住獵物，再拖到水裡淹死。

無尾熊、鼠袋鼠和沙漠跳鼠

不喝水也能活下來。

沙漠跳鼠生長在非洲、阿拉伯及中亞的沙漠中。這種有巨大後肢的齧齒類動物可以跳躍達3公尺高。為了忍耐炎熱，跳鼠只在夜間出沒。白天則待在地下1公尺深、氣溫約11℃的巢穴中。

牠們可以長達三年的時間不喝半滴水，僅從食用的蔬菜攝取水分。當天氣很炎熱時，跳鼠會和家人一起躲在洞穴中，在裡面睡上好幾天或是好幾個星期，牠們的呼吸能製造濕氣，讓牠們不會脫水。

無尾熊生長在澳洲。原住民的語言中，Koala的意思是「不喝水」，因為這種小型的哺乳類動物不需要喝水，而是從尤加利樹葉攝取水分。此外，這也是牠們唯一的食物。每天晚上，牠們會花好幾個小時嚼食樹葉，以至於毛皮會散發出尤加利葉的味道。牠們在夜間活動，每天睡眠的時間可達16個小時。和袋鼠一樣，無尾熊也是有袋動物，在肚子有一個口袋，剛出生、仍然很脆弱的小寶寶就住在裡面。等無尾熊寶寶夠大時，會攀附在媽媽的背上生活長達一年。

鼠袋鼠和無尾熊及袋鼠一樣，都是有袋動物：牠們有一個腹袋。有別於其他有袋動物，鼠袋鼠群居在巢穴中。牠們分布在澳洲的草原、曠野或是森林中，習慣夜間活動，以植物的根、種子及水果為生，而且不用喝水。

犀角金龜的力氣
是切葉蟻的一百七十倍。

犀角金龜分布在南極洲以外的其他大陸，是最大型的甲蟲，也是世界上力氣最大的動物之一：牠們能抬起比自己還要重850倍的重量。套用人類體重換算，等同能舉起65噸的重量。

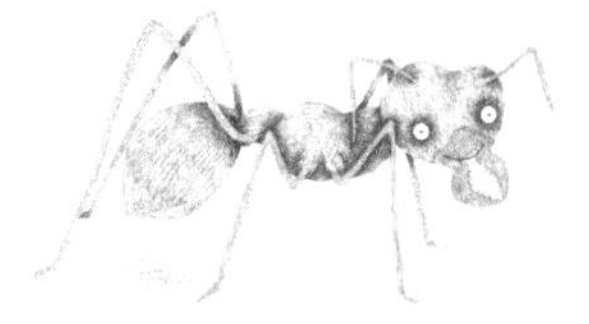

切葉蟻生長在美國南部及南美洲。牠們的外號是「樹葉剪刀手」或「蘑菇農夫」，能扛起比牠們體重還重5倍的樹葉。不過，切葉蟻不會直接食用樹葉，而是把樹葉切成小塊，然後帶到蟻穴腐化。樹葉腐化時，會長出蘑菇，切葉蟻的食物就是這些蘑菇。

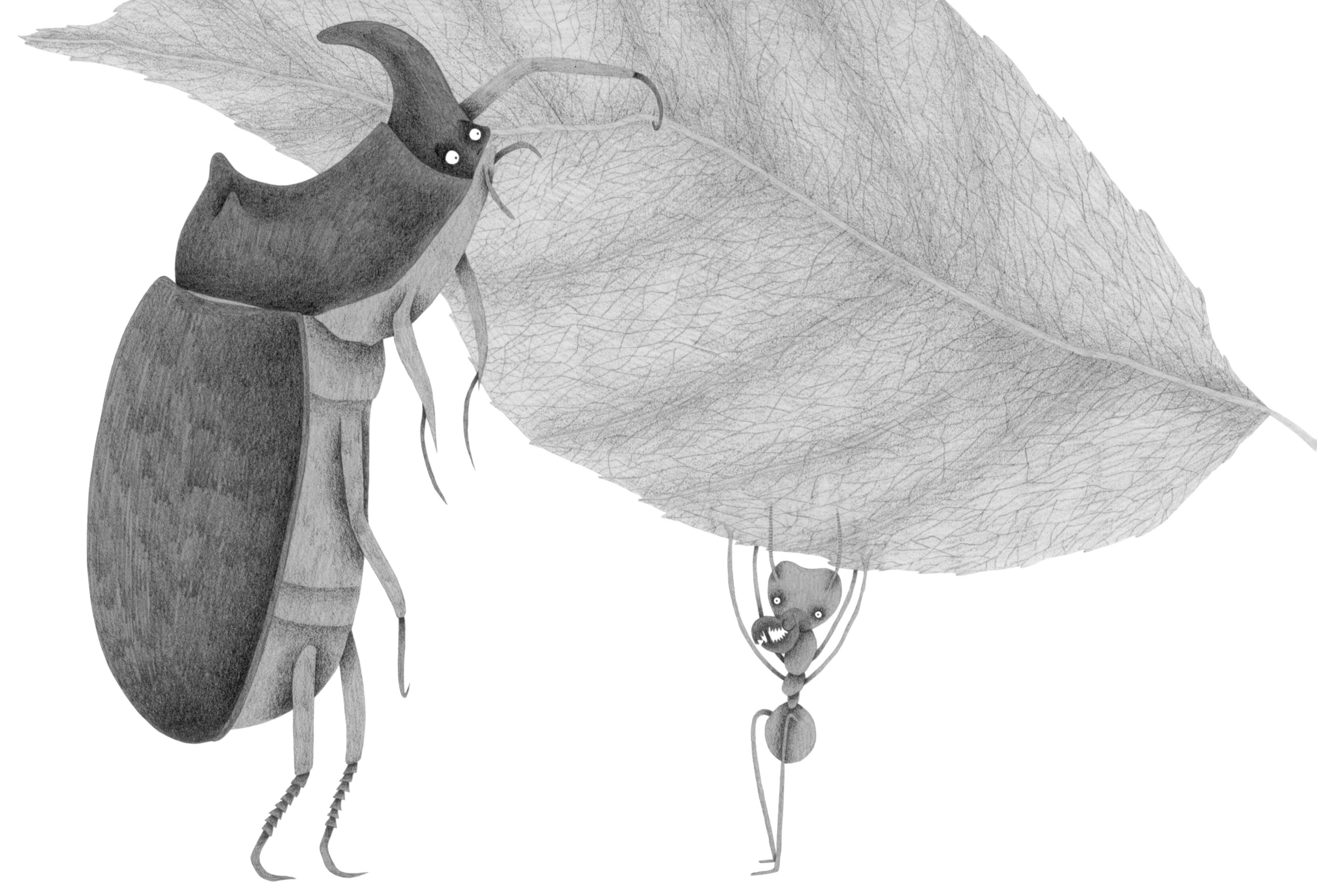

美洲水雉是和自己的身體比起來，
腳趾最長的動物。
如果把牠們的身體比例套用到**綠猴**身上，
那麼這些猴子手指的長度會達到27公分
（超過牠們身高的一半）！

美洲水雉又叫「耶穌基督鳥」，因為牠們給人在水面上行走的印象，但實際上，是牠們的大腳丫讓牠們能踏在水生植物的植被上前進，而不會沉到水裡。

牠們生長在潮溼的熱帶地區，尤其是墨西哥及中美洲。這種鳥以昆蟲、無脊椎動物，以及水面上找到的種子為食物。牠們的蛋及雛鳥有時會被水鳥吞食掉。

綠猴是一種群居的靈長類動物，比較會成群結黨，而不是以家庭為單位聚集。猴群可能有高達70隻猴子。

綠猴生長在非洲南部的莽原、開放式森林及山上，在地面和在樹上一樣自在，而且是游泳高手。綠猴是日行性動物，牠們的食物包括水果、樹葉和種子，有時候也會加上昆蟲和蛋。牠們是蛇類及老鷹獵食的對象。

作者簡介｜茱莉・戈隆貝　Julie Colombet

茱莉 ・ 戈隆貝於 1983 年在法國聖德田出生，小時候就喜愛上繪畫。她在聖德田的美術學院就讀，探索更精采動人的插畫世界。
她已發表兩本繪本，小蜥蜴出版社 (Les éditions du Petit lézard) 的《大象和魚》（L'éléphant et le poisson）及《白熊米歇爾》（Michel l'ours blanc）。戈隆貝現居里昂。

譯者簡介｜陳怡潔

輔仁大學法文系畢業。在零售業及高科技業工作了十年後，終於如願回到法國當學生，並取得阿爾圖瓦大學跨文化協商碩士學位。目前隱居鄉間，以教授美語及翻譯為業。
譯作有：《頑皮小狼》、《奶奶只是想睡覺》（臺灣東方）及《什麼都有，什麼都沒有》、《我是小孩，我有權利……》（字畝文化）等。

審定者簡介｜張東君

臺灣大學動物系、動物所畢，日本京都大學理學研究科（動物學）博士班結業。科普作家、推理評論家。金鼎獎、吳大猷科普著作獎少年組翻譯類得主。著譯超過 150 本。

Thinking 007

動物很有事

作者／茱莉・戈隆貝 Julie Colombet
譯者／陳怡潔
審定／張東君
社長／馮季眉　編輯總監／周惠玲　責任編輯／吳令葳　編輯／戴鈺娟、李晨豪、徐子茹　封面設計／海流設計　內頁編排／張簡至真
出版／字畝文化
發行／遠足文化事業股份有限公司　地址：231 新北市新店區民權路 108-2 號 9 樓　電話：(02)2218-1417　傳真：(02)8667-1065
電子信箱：service@bookrep.com.tw　網址：www.bookrep.com.tw　郵撥帳號：19504465 遠足文化事業股份有限公司　客服專線：0800-221-029
讀書共和國出版集團
社長／郭重興　發行人兼出版總監／曾大福　印務經理／黃禮賢　印務主任／李孟儒
法律顧問／華洋法律事務所　蘇文生律師　印製／中原造像股份有限公司
2017 年 03 月 03 日　初版一刷　2021 年 03 月　初版六刷　定價：380 元　ISBN 978-986-94202-2-8　書號：XBTH0007